KB109197

작가의 사랑

작가의 사랑

문정희 시집

민음의 시 245

민음사

나의 시들이여
어서 뜨거운 햇살로 나와
온몸으로 놀아라!

2018년 봄
문정희

차 례

당신을 사랑하는 일

오늘 저녁은
지금까지의 저녁이 아니다
놀랍지 않은가
이 낭떠러지에서
당신을 사랑하는 일

나침반도 없이 내리꽂히는
그까짓 두려움
그까짓 불안
죄의식과 허위와 허위의 아름다움과
슬픈 쇠사슬의 겸허로

뜨겁고 단순하게
절박하게
온몸이 떨리는 살아 있음으로
당신을 사랑하는 일

태어날 때 이미 내 손에 도착한
선물이

꽃잎의 시간이
무수한 축복의 뿌리를 달고 있음을
이제야 본다는 것
놀랍지 않은가

나비 고백

나 은근히 바람둥이였더군
당신 하나만을 사랑한 것은 아니었더군
때로는 좀 짧게 대부분 매우 짧게
바람을 먹고 사는 건달바(乾達婆)였더군
그런데 그 사랑 한 꽃송이로 남더군
그 벤치 위의 봄날이
봄날이 끝나기도 전에 날아온 계산서를 보니
부질없는 착시!
허망을 지불한 날갯짓이 전부였더군
야성을 내뿜어 상처와 얼룩을 만들며
초록 계절을 낭비한
승자 없는 전쟁
때로 발등을 찍고 싶은 후회와 부끄러움이더군
화살과 과녁 사이
바람의 발자국마다
노래를 새기려고 분가루를 날린 것뿐이더군
잘 곳을 정해 놓지 않고 떠돌며
모래알 하나 옮기지 못한 황홀한 노동
어쩌지? 여행의 어원은 나비라네
사뿐사뿐 눈부신 길손이었더군

돌에게

누가 던진지도 모르는 돌이
머리를 때리는 순간
흐린 시야 일시에 걷히었다
영롱한 별들 쏟아졌다

먼지 쓴 엉겅퀴처럼 짓밟히다가
날아온 돌 하나로
뚫려 버린 허공
푸르게 살아 있다는 증거로
온몸 푸들푸들 소름 돋았다

순간에 벗어 버린 허울과 너울
치마까지 벗거나 말거나
그런 것 다 졸업이다

어쩌지? 돌에서 쏟아진
천 개의 보석 알
우르르! 내 것인 것을

이제 그 돌에게

웃어 봐! 웃어 봐!

이런 시 몇 줄 쓰다 가도 좋을 것 같다

거위

나는 더 이상 기대할 게 없는 배우인 것 같다
분장만 능하고 연기는 그대로인 채
수렁으로 천천히 가라앉고 있다

오늘 텔레비전에 나온 나를 보고
왝 왝 거위처럼 울 뻔했다

내 몸 곳곳에 억압처럼 꿰맨 자국
뱀 같은 욕망과 흉터가
무의식의 주름 사이로
싸구려 화장품처럼 떠밀리고 있었다

구멍 난 신발 속으로 스며들어 오는
차갑고 더러운 물을 숨기며
시멘트 숲 속을 배회하고 있었다

나는 나에게 다 들켜 버렸다
빈틈과 굴절 사이
순간순간 태어나는 고요하고 돌연한 보석은

사라진 지 오래
기교만 무성한 깃털로
상처만 과장하고 있었다

오직 황금 알을 낳기 위해
녹슨 철사처럼 가는 다리로 뒤뚱거리는
나는 과식한 거위였다

나의 옷

나는 어느 계절에도
어정쩡한 옷을 입고 있었다
우울도 외로움도 어색하고
퇴폐도 부끄럽기만 했다
비판이나 대결 의지도 없이
늘 후줄근한 구김살이었다

혹은 현실은 자주 결빙의 독재로 미끄러워
나의 옷은 저항보다 비겁의 두께를 껴입었다
다량(多量)과 상투(常套)를 간신히 벗어났지만
발 딛고 서 있는 여기를
언어로 투시할 힘이 없었다

서정의 얇은 머플러로 어깨를 덮고
때로 시인처럼 리듬을 탔지만
상처를 교묘히 숨기고
긴 그림자를 갖고 있었지만

나의 옷은 허사(虛辭)로 쉬이 낡아 갔다

오직 나만의 슬픔과 기쁨으로 짠 피륙은 없을까
나의 시(詩)옷은
수의(囚衣)와 수의(壽衣)를 속에 껴입고도
언제나 홀랑 추운 알몸일까

이름 모를 꽃들의 시간

네가 준 꽃다발이 내 곁에 있다
허공을 뛰어 내린 별들처럼
이름 모를 꽃들이다
이름 모를 꽃이라는 표현은 안 된다고
구체적으로 이름을 불러 줘야 한다고
시 창작 강의에서 늘 강조했지만
아무리 생각해도 너는 오늘
이름 모를 꽃들이다
장미도 안개꽃도 아닌 꽃들이
시계 수리공처럼 푸른 신호등과
새 길 하나를 만들며 내게로 오고 있다
달려오는 네 맨발을 보고 싶다
하지만 입술을 대기도 전에 사라지는 처녀들
벌써 까만 돌로 변해 가는 별들의 수런거림을
그냥 찬란이라 부르면 안 될까
아직 사랑이 아닌
천사와 짐승 사이의
벼랑에 핀 이름 모를 꽃들의 시간이다
나도 모르는 나의 깊이

모호해서 아름다운 거짓말들
여기 활짝 야생의 시곗바늘이
아직! 아직! 두근거리며
나를 삼키려 한다

늙은 코미디언

코미디를 보다가 와락 운 적이 있다
늙은 코미디언이 맨땅에 드러누워
풍뎅이처럼 버둥거리는 것을 보고
그만 울음을 터트린 어린 날이 있었다
사람들이 깔깔 웃으며 말했다
아이가 코미디를 보고 운다고⋯⋯
그때 나는 세상에 큰 비밀이 있음을 알았다
웃음과 눈물 사이
살기 위해 버둥거리는
어두운 맨땅을 보았다
그것이 고독이라든가 슬픔이라든가
그런 미흡한 말로 표현되는 것을 알았을 때
나는 그 맨땅에다 시 같은 것을 쓰기 시작했다
늙은 코미디언처럼
거꾸로 뒤집혀 버둥거리는
풍뎅이처럼

무덤 시위

그녀는 하루도 쉬지 않고
땅에 엎드려 살았다
뼈 부스러지게 일하다 갔다
사람들은 부덕이요 희생이라 했다
그리고 무덤이 된 지 30년
그녀는 지금 거대한 폭력과 대치 중이다
땅값이 오르자 묘원을 몽땅 아파트 단지로 바꾸려는
토지업자와 땅값을 좀 더 높게 받으려는
묘지업자 사이에 끼어
조상 숭배를 빌미로 밀고 버티며
팽팽히 대치하는 한가운데
그녀가 있다
다른 무덤들도 함께 참가 중이지만
죽어서도 부당하고 억울한 운명 앞에
그녀는 말 한마디 내지르지 못하고
뼛가루가 될 때까지 대치 중이다
가련하고 위대한 우리 어머니!

꿩

내가 돌아왔는데 아무도 없다
아버지도 어머니도
공부 잘하던 오빠들도 보이지 않는다
빈 뜰에 열한 살 내가
초로의 나를 반긴다
늙은 감나무 피부 벗겨지고
천둥과 비바람
얼마나 다녀갔는지
기둥들조차 거미줄 옷을 입고 있다
흥망의 기억을
겨우 떠받치고 서 있다
어떤 전쟁이 지나가면
이런 황량한 풍경이 태어나는 것일까
내가 돌아왔는데 아무도 없다
마른 울음을 토하는
꿩이
꺽꺽 내 안에서 튀어나온다

살아 있는 것은

살아 있는 것은 매독조차 아름답다고
노래한 안나*들을 만났다
아비뇽 도서관에서 밤 깊도록
멋쟁이 아줌마 지성들과
기억의 달 속을 함께 거닐었다
시인이며 백작 부인
안나 드 노아이유는
불과 얼마 전의 여인
첫 번째 공쿠르상 수상자가 되었지만
여자라는 이유로
다른 사람이 수상자로 호명되었을 때
즉시 페미나상을 만들고
심사위원 전원을 여성으로 구성했지
사실 이런 개판은 어디에나 있는 일
사실 우리가 그날 밤 나눈 것은 개판 스토리
지상에 고상하게 표현할 것 뭐냐는 얘기
그래도 살아 있는 것은
개똥도 매독도 아름답다는 얘기

* 안나 드 노아이유(1876~1933): 프랑스의 여성 시인.

지붕 위의 흰옷

흰옷 한 벌이 지붕 위에 놓이고
할머니의 장례는 시작되었다

흰옷은 저승을 향해 흔드는
인간의 백기

베옷 서걱이는 소리로
마중처럼 눈이 내리고
꽃상여가 만들어졌다

여덟 살 나는 사람의 몸속에
꿈틀거리는 별 하나가 있음을 알았다

살아 있는 것들은
또 다른 세계를 몸속에 품고 있어
어느 날 별이 태어난 그곳으로
꽃상여를 타고 흰 지전을 뿌리며
가야 한다는 것을 알았다

할머니는 산으로 갔다
할머니가 간 곳이 산이 아니라는 것을
몸속의 내 별들은 알고 있었다

그때부터
어떤 행복한 순간에도 행복하지 않았다

허공 속으로 눈이 환유처럼 내리고
가뭇없이 사라지고
사람의 지붕에는
늘 흰옷이 놓여 있었다

나의 도서관

책마다 페이지마다
광활한 폐허
이 도서관에 들어서려면
방문객은
자칫 길을 잃기 쉽다

남자보다 작고 아이보다 큰
여자 도서관이라고?

실은 아버지도 스승도 없고
심지어 연인도 없다
딸도 아니고 아내도 아니다

비와 안개
돌기한 산봉우리를 넘어
홀로 만든
나의 도서관
만 권의 비명과 독백
만 권의 사랑이 담긴 산맥이다

물방울로 생명을 만든
발원지
길고 긴 강물에 지은
궁전 이야기가 있다

낙타 구두

낙타 가죽으로 만든 구두를 신고
모래들의 흐느낌을 듣고 싶다
햇살이 날카로이 박힌 길을 가는 동안
낙타처럼 스스로 견고한
한 생애를 만들 줄 알았으면 좋겠다
낮은 데를 밟고 밟아
신의 발자국에
고달픈 발자국을 포갤 줄 아는
내 구두는
별의 바퀴를 따라 돌며
하늘의 신성을 익힌
낙타의 슬픔으로 만든
낙타 가죽 구두였으면 좋겠다

우는 소년

초저녁 지하철 계단으로
어린 짐승 울음이 뛰어간다

왜 우느냐?
너 왜 우느냐?
무거운 가방을 등에 메고

엄마 죽지 마! 제발 죽지 마!
조종 소리 울리는 곳으로
한 울부짖음이 뛰어간다

순식간에 비탄의 폭포 범람하는
퇴근길의 지하철 정류장

관을 붙들고 울부짖던
어린 짐승
열네 살 가을이 날카롭게 쏟아진다

사진 없는 아이

엄마! 엄마도 죽었으니
이제 그 아이 만났나요?
일곱 살에 죽은 그 아이 돌아올까
한겨울에도 방문 열어 놓고 잔 당신
참척의 비극은
나체로 생담배를 씹어도 불이 타올라
앞가슴 다 열어젖히고
어느 밤엔 밤새 아이 울음 들려 와서
그대로 일어나 묘지로 가서
맨손으로 꽁꽁 언 무덤을 판 여자
무덤 속에서 아이 보다 먼저
함께 묻은 작은 신발 손끝에 닿이
그 자리에 실신한 후
이듬해 봄 당신 몸에 기적처럼 생겨난
새 아이가 지금 이런 시를 쓰네요
이 아이도 떠날까 봐
사진 한 장 찍어 두지 않아
사진 없는 아이
죽은 아이에게 엄마를 돌려주고

시를 쓰네요

먼저 죽은 누이 마리아의 이름을 붙여

라이너 마리아 릴케가 된 시인을 떠올리며

죽은 아이 겹치어 새겨진

내 유년의 슬픔을

한 편의 시로 써서 엄마에게 바치네요

노숙자

낙타 서너 마리 서울역 광장에 앉아 있다
왁자한 사막
그중 둘은 오수에 빠져 있다
또는 유유자적이다

앉아서 입적한 선승들을
몰라보는 것인가
나아갈 수도
돌아설 수도 없어
오직 앉아 있음을 수행하고 있다

집도 깨달음도 버릴 것도 없는
넝마처럼
가출도 출가도 아닌
주거 부정

슬며시 무게를 내려놓고
모래바람 부는 서울역 광장
여기가 사막이라고
사막의 기호들이 앉아 있다

링

글러브 낀 손으로
빙빙 돌며
허공을 쿡 쿡 찔러 본다
승리를 탐색하고 있는 것이 아니다
몸을 풀고 있는 것도 아니다
아니다! 이 링에서 죽을지도 모른다!
모른다! 모른다!
빙빙 불덩이 불안을 털고 있다
종이 울리면
광포한 천 개의 태양이 이글거릴 것이다
돌진하라 맹수여
덤벼라! 쳐라! 죽여라!
슬픔과 공포를 목격하고 싶어
폭력과 잔인한 승패를 즐기려 안달하는
미친 눈동자들이
맹수를 따라 돌고 있다
사각의 링은 관처럼 좁고 넓다
살과 피뿐이다
나는 없다

어디를 흔들어야 푸른 음악일까

큰 것을 도둑맞은 것 같다
거친 숨 몰아쉬며
여기까지 왔는데
무엇이 다녀간 것일까

아무것도 없다
공허뿐이라고
그냥 가 보는 거라고 하지만
이 정도일 줄은 몰랐다

구구구 모이 몇 알 주워 먹느라
할퀴며
깃털 뽑히며
두 날개 뭉개졌는데
벌써 떠나야 한다고 한다

어디를 흔들어야 푸른 음악일까
가랑잎도 아닌데
자꾸 떨어져 내리다가

내일은 어디일까
정말 어디를 흔들어야
다시 푸른 음악일까

봄 회의

이유도 없이 가슴 미어지는
이 슬픔을 들어다가
오는 봄 곁에나 가벼이 앉히고 싶다

암소가 보리밭 너머 먼 산을 향해 일어서고
추위를 견딘 소나무가
청년의 어깨처럼 듬직해지는
봄날, 나의 슬픔은
초록 블라우스를 입고
새로 핀 꽃들 속에 앉아
민주적으로 봄 회의나 했으면 좋겠다

오늘 회의의 주제는
뜬구름 같은 사랑! 그런 주제 말고
푸른 눈썹을 달고 흔들리는 저 나무들처럼
말보다 몸으로 실천하자는 주제로 정하리
봄과 슬픔을 투시하고
구체적으로 살아 있다는 것에 대해
누구보다 먼저 온몸으로 발언하리

검은 그릇

가령 거미처럼 검은 몰골로
당신이 그물에 걸려 있는 것을
상상해 보셨는지
몸뚱이에서 뽑아낸 투명 실로
스스로를 감다
멈춰 버린 순간을

기억들이 홀연히 사라지고
터지는 울음 하나 없이
네모난 검은 그릇에 담겨 있는
두려운 정적을

사랑하는 손들이 그 그릇을 들고 가서
캄캄한 흙구덩이 속에
혹은 뜨거운 불구덩이 속에 던져 버리고야 말
아찔한 무저갱(無低坑)의 벼랑을

빈둥빈둥

나를 방목한다
빈둥빈둥
내가 사랑하는 어슬렁어슬렁이다
모래와 모래 사이
창조가 넝쿨처럼 뻗쳐 오는 것도
버겁고 시들해서
속도와 움직임 다 버린다
그냥 햇살
그냥 해찰이다
시간의 독재가 다그치는 교훈들과 강요
흔한 정보와 움직임에 대한 예찬
의미와 의미로 덧없는
생산과 숫자에 나는 멍들었다
잠언들의 경고와 속삭임을 벗어나
채찍 앞에 무릎을 휘청이는 나
일어서라, 파이팅! 파이팅!
일어서서 어디로 가란 말인가
나는 모르겠다, 몰라도 좋다
피 묻은 마우스를 뱉고 가죽 글러브를 벗고

빈둥빈둥 햇살 속으로
이제 벌거벗은 너만 오면 된다
사과만 나눠 먹으면
통쾌하게 에덴에 당도할 것이다

오빠의 마술

나는 손톱 깎는 것을 무서워했지
긴 손톱을 풀잎처럼 나풀거리고 다녔지
여름방학이 되어 서울에서 오빠가 왔지
손톱이 길면 두꺼비가 된다며
나를 얼르더니
시커먼 시골 가위 대신 파란 손톱깎기 꺼내
톡톡톡 손톱을 잘라 주었지
풀잎처럼 손톱들이 잘려 나갔지
봉숭아 꽃물 든 반달도 잘려 나갔지
마술쟁이 오빠!
오늘은 더 신비한 마술을 보여 주네
타는 불 속으로 들어간 지
두 시간도 안 돼
흰 가루가 되어 항아리에 숨었네
어린 날 내 손톱을 잘라 주어
나는 두꺼비가 안 되고
초로의 시인이 되었는데
오빠는 내가 아직 아이인 줄 아는지
순식간에 마술 항아리를 보여 주네

나는 거미줄을 쓰네

산다는 것은
거미줄을 타고 오르는 것
곡예를 하듯 오르고 또 올라가 보면
아무것도 없지
허공뿐이지

시를 묻는 젊은이에게
이렇게 답장을 써서 보내고
돌아서서
나는 또 시를 쓰네

산다는 것은
시를 쓰는 것은
거미줄을 타고 허공을 오르는 것이라고

거미줄에는
이슬 몇 알이 전부
하지만 그 거미줄과 이슬이
어느 거대한 건축보다 부동산보다

더 아름답게 보이는
저주받은 비극의 눈을
그 축복을 시로 쓰네

나는 시를 쓰네
나는 시를 사네

작가의 사랑

여성 작가 여섯이 한방에 모여
사랑의 경험을 이야기하자고 한 밤
마른 입술을 오므리며
폴란드 시인이 말했어
사랑 이야기라면 당신들은 우선
유대인을 잊어서는 안 돼! 오슈비엥침!
아우슈비츠를 알기 전에 사랑을 말하는 것은
진정한 작가가 아니야
순간 모두는 입을 다물고 말았어
도박판에서 전 재산을 탕진하고 돌아온 새벽처럼
텅 빈 눈으로
나는 창밖을 바라보았어

멀리 두고 온 땅, 조국이라는 말만으로
괜히 눈물이 차올랐어
빌어먹을, 나는 진짜 시인인가 봐!

잘 알아, 하지만 작가가 언제까지
한곳에 못 박혀 있을 수는 없어

자유로운 상상력으로
인간을 더 깊이 써야 해
그리스 작가인지 터키 작가가 말했어
애절한 근친과 죄와 폭력 들
내 여권 속의 분단과 증오와 노란 리본 들
검고 흰 살과 피 으깨어진 화상의 흔적을
남미와 아프리카와 유럽과 동아시아 작가가
한방에 모여 사랑을 이야기하자고 한 밤

내가 불쑥 말했어
애국심은 팬티와 같아 누구나 입고 있지만
나 팬티 입었다고 소리치지 않아
먼저 팬티를 벗어야 해

우리는 팬티를 벗었어
하지만 나는 끝내 벗지 못한 것 같아
눈만 뜨면 팬티를 들고 흔드는 거리에서 자란
나는 하나를 벗었지만, 그 안에
센티멘털 팬티를 또 겹겹이 입고 있었지

사랑은 참 어려워
사랑은 지옥에서 온 개*

* 찰스 부코스키.

우드사이드 스토리

숲 없는 숲가 우드사이드
내 젊음의 난파선이 문득 정박한 곳
뉴욕 퀸즈 누추한 동네
작은 부엌 창으로 엠파이어 스테이트 빌딩이
먼 불빛을 뿌리고 서 있었지
어떤 기억 하나를 지우지 못해 유대인 여자는
밤마다 제 머리칼을 가위로 자르다 실려 가고
베트남 참전 노인은 자원 봉사원을 붙들고
폭발의 순간을 끝없이 반복하여 설명했지
불탄 육신의 냄새가 나는 계단을
분노처럼 뛰어오르는 젊은 사내의 눈알이
택시 드라이버*의 회면처럼 떠디녔지
격리 병동 같은 음울한 낭떠러지에
나는 벌거벗은 채로 매달렸지
여기라면 시를 쓸 수 있을지도 몰라
하지만 지붕 밑 원룸 바닥에서
지난 폭염에 죽어 나간 금발 노파의 머리칼이
전갈처럼 꿈틀거리며 기어 나올 때 마다
나는 절망에 몸을 떨었지

손으로 전갈을 집어낼 때면

몸속의 피가 검은 잉크처럼 줄아들었지

전쟁보다 괴이한 방법으로

나는 날마다 죽어 갔지

흡혈귀에게 머리채 잡힌 결혼의 우리에서

죄 없이 생겨난 새끼들을 짐승처럼 혀로 핥았지

우드사이드는 난해한 악기였지

패배와 짐승과 굴욕을

살과 피로 연주하며

나는 시를 살았는지도 몰라

최초의 이빨이 그때 치솟았는지도 몰라

스스로 껍질을 깨고 유폐를 뚫는다는

바다거북의 이빨이 입천장을 뚫어

드디어 망망대해!

내 난파선의 연주는 그때 시작되었는지도 몰라

* 마틴 스콜세지 감독의 1976년 작품.

구르는 돌멩이처럼*

목에 걸고 싶던 싱싱한 자유
광화문에서 시청 앞에서 목 터지게 부르던 자유가
어쩌다 흘러들어 간 뉴욕 빌리지에
돌멩이처럼 굴러다녔지
자유가 이렇게 쉬운 거야?
그냥 제멋대로
카페 블루노트에, 빌리지 뱅가드에
재즈 속에 기타줄 속에
슬픔처럼 기쁨처럼 흐르는 거야?

내 고향 조악한 선거 벽보에 붙어 있던 자유
음흉한 정치꾼들이 약속했지만
바람 불지 않아도 찢겨 나가 너덜너덜해진 자유가
감옥으로 끌려간 친구의 뜨거운 심장도 아닌
매운 최루탄도 아닌
아방가르트, 보헤미안, 히피 들 속에
여기 이렇게 공기여도 되는 거야
햇살이어도 되는 거야

청와대보고 여의도보고 내놓으라고 목숨 걸던 자유가
비둘기여야 한다고, 피 냄새가 섞여 있어야 한다고
목청껏 외치던 자유가
어쩌다 흘러들어 간 낯선 도시에
돌멩이처럼 굴러다녀도 되는 거야?
그것을 쇼윈도에 걸린 명품처럼
아프게 쳐다보며 속으로 울어도 되는 것이야?

* 밥 딜런, 「like a rolling stone」.

빌리지의 작가

내가 만난 수많은 창문 중에
가장 작고 은밀한 창을 가진 작가
낮에도 촛불을 켜 놓아야 보이는
낮은 조도
그 속에서 홀로 실버들처럼 흔들리던 여자
급진과 전통이 함께 사는 불행한 결혼 속에
태어난 아이*처럼
늘 어색하게
자유와 실험의 거리에서 헤매던 여자

관습과 혼돈의 커튼을 드리워 놓고
매일 새로운 손님처럼 당도하는 슬픔**을
어떻게 대접할지 몰라
늘 어색하게
잠수해 들어간 심연에 살았지

작은 창으로 들어오는
핏줄 같이 서러운 햇살을 마서 차단하고
가장 단순한 극점을 향해 가다

검은 고독으로 스스로를 말리고 태워

마른 잎처럼 바스러진

표류의 섬, 그리운 빌리지의 작가

---

* 토마스 트란스트레메르(1931~2015): 2011년 노벨문학상을 수상한 스웨덴의 시인.

** 루미(1207~1273): 페르시아의 신비주의 시인.

쓸쓸한 유머

남은 술잔을 두고 일어서는데
그가 돌연히 끌어안으며
깊이 속삭인다
아이 러브 유!
가만! 이런 유머는 처음이다
순간 공항이 휘청했다

하교하는 아이를 픽업해야 한다며
그는 서둘러 주차장 쪽으로 가고
나는 탑승구 안으로 발길을 돌리며
순간 장미 하나가 떨어지는 것을 보았다

얼얼한 고통과 아름다운 허위가
나이테처럼 새겨진 어깨를
솔개가 다시 툭 친 것 같다
아이 러브 유!
사랑의 굉음이 간지럼처럼 스쳐갔다

고백이 기쁜 게 아니라

이것이 얼마나 즐겁고 쓸쓸한 유머인가를
알아듣게 된 것이 기뻐서
쿡쿡 웃음을 삼키며 비행기에 올랐다
문득 별이 있는 사막에 불시착한 것은 아닐까
밤새도록 백내장 같은 허공을 날았다

장물

시인들의 봄 축제에 초대를 받고
프랑스 문학사를 읽다가 그만 던져 버렸다
"오직 그이 하나 없으니 세상은 온통 비었구나"
이건 내가 쓴 작품이다
"한 사람이 떠났는데 서울이 텅 비었다"라고
나는 썼었다
200년 전 시인이 나를 미리 흉내 내고 있다
절망과 퇴폐와 광기까지
내 것을 흉내 낸 시들이 여기저기 숨어 있는 문학사
문화와 문명이란 서로 집어 가고 훔쳐 가는 것인가
프랑스로 떠나기도 전에
나는 무릎을 절둑인다
19세기가 나를 흉내 내고
20세기가 나를 울리고
21세기가 나를 또 베낄 것인가
역사는 장물로 넘쳐 나는 강물
나는 누구의 장물인가

모래언덕이라는 이름의 모텔

듄(Dune)이라는 이름의 모텔에 든 적이 있다
문 없는 사구(砂丘)
모래언덕에 파묻혔다

밤새 한 눈으로 모래의 고통을 세고
또 한 눈으로 모래의 굴욕을 들여다보았다
모래 침대에서 모래의 슬픔을 씹었다

끝까지 따라온 고압선 거미줄이
나를 뜨겁게 묶었지만
어느 도시였던가
모래언덕이라는 이름의 모텔에서
솨아솨아 하룻밤을
한 생애처럼
모래알을 읽었다

모래로 지은 집에서
모래에 파묻혀 모래가 되었다

줄광대

그녀가 외줄 위에 서서 시를 읊는다
두루마리 긴 시의 강물을 풀자
일순 객석이 낭만주의로 범람했다
괴기한 인형처럼 광기를 내뿜으며
남근에는 이름도 개성도 없다*고 외치던
전위, 또한 날짜가 없기 때문에
축제의 들것처럼 누군가 메고 나갈 때
법석대는 꼴로 그것을 알 수 있다던
송충이처럼 짙은 눈
우훗! 우주복을 입고
동굴로 들어가자고 내 손을 끌던 시인
허지만 동굴에는 짐승이 아니라
허수아비들이 퍼덕거렸지
유난히 짝사랑받는 것을 좋아하는
어디에나 있는 여류 시인이 싫어
자기 외에는 못 보는 시인이 싫어
아슬아슬 그녀의 외줄이 눈부셨지
추락이 예비되어 있지만
땅을 내려다보지 않는

그녀의 곡마단 시에 귀를 기울였지

* 시라이시 가즈코: 캐나다 출생의 일본계 여성 시인.

샹그릴라 가는 길

샹그릴라*로 가 주세요
택시는 곧 움직였지만
열대 소나기 속을 한창 돌았다
요금이 철컥철컥 올라갔다
수렁처럼 깊어 가는 이국의 밤
바가지 운전사는 나를 어디로 데려가는 것일까
나는 샹그릴라로 가고 싶다
한참 후 고가도로 밑 신호 앞에
드디어 택시가 멈추었다
교각 기둥 옆에 한 소녀가
찰싹 비에 젖은 옷을 입고 떨고 있다
그녀의 팔에 팔다 남은 쟈스민 레이가
흠뻑 슬픔을 머금고 있다
운전사는 창을 열고 쟈스민 레이 두 줄을 샀다
그중 꽃향기 한 줄은 자기 목에 걸고
한 줄을 미소와 함께 뒷자리 나에게 건네었다
그는 다시 차를 움직였다
창밖에 사파이어 같은 소녀의 눈빛이
별처럼 빛났다

아, 여기 샹그릴라에 당도했음을
나는 알았다

* 티베트 고원의 이상촌. 여기서는 유명 호텔 체인의 이름.

상투 상투

후쿠오카 형무소* 위에 전깃줄이 얽혀 있다
새들이 앉았다가 이내 날아 간다
식민지 청년이 죽어 간 이층 감방을
나는 올라가지 못한다
나를 가로막는 것은 구치소 직원이 아니라
상투어다
비오는 이국 땅, 이름 모를 새
상투어들이 나의 상투를 잡고 흔든다
오늘은 상투만이 새롭다
시인 윤동주가 아니라 상투어가 주인공이다
잎새에 이는 바람에도 괴로워했던 염결을 깨고
고정 시가을 깨고 번쩍 눈뜨고 싶었디
하지만 감상과 클리셰**들의 합세에
나는 진정한 슬픔과 비극을 만나지 못할 것 같다
센티멘털만이 서럽게 기타 줄을 튕기고 있다
식민지와 전쟁과 분단이 오고 가고
별처럼 높아야 할 시인의 감옥은
흔해 빠진 언어로 나를 가두고
의미 부여에만 골몰한다

역사와 시간을 아무리 비틀어도
오늘은 상투가 나의 전부다
나를 차지한 님이다

* 시인 윤동주가 1945년 스물일곱의 나이로 사망한 감옥.
** 상투(cliche): 1. 상투적인 문구. 2. 성인 남자가 머리털을 틀어 정수리
   위에 감아 맨 것.

비행기에서 우산 쓰기

보석으로 무덤을 만든 나라로 가는
비행기 안에서
밤새 뚝뚝 비를 맞는다
가무잡잡한 스튜어디스가 허리를 드러낸 채
타월로 천정을 닦았지만
멈추지 않는 물방울
수만 피트 고도까지 따라온
이 눈물은 누가 흘리는 것인가

이윽고 종이우산을 씌워 주었지만
나는 이미 뼈까지 젖었다

다 무(無)!
다 공(空)!
다 꽝이다!

까마득한 지상의 일
모두 잊기로 하자
길가에 앉아 우산 쓰고 경전을 읽는

늙은 승려를 떠올린다
수술대 위에 펼쳐진 우산을
위악처럼 노래한 시인도 다 버린다
하지만 비행기에서 우산을 쓰고
시를 쓰는 시인은 내가 유일할 것이다
기발하고 패셔너블하다
역사 이래 최초와 유일이 나는 좋아
비행기 안에서 비를 맞는다
허공 경전을 읽으며 즐거이 시를 쓴다
보라! 하늘 아래 오직 한 사람
여기 있다

메가폰을 든 시인

아르헨티나 재래시장 한가운데 서서
메가폰을 들고 시 낭송을 한다
피 묻은 앞치마를 두른 정육점 주인이
한 손에 칼을 든 채
어서 시를 들려주오! 만두 가게 아줌마가
불룩한 만두를 팔다가
과일 가게 생선 가게 야채 가게 꽃 가게가
시를 듣고 싶어 안달이다
장사 안 된다고 투덜거리던 입 다물고
정치가 썩었다고 경제가 서민을 죽인다고
떠들던 소리 콱콱 다물어 고요를 만들고
그 위에 살짝 미소를 얹고
세상에 쓸모없는 시를 청한다
좋다! 몸속의 불길이여, 솟아라
사람들아! 핏빛 꽃으로 하늘 아래
내가 피어 있다!
코리아 시인의 비명을 들어 보아라!
집시가 아니라 장돌뱅이가
허공을 쥐었다 폈다 가락을 던진다

한 주부가 다가와 다급하게 조른다
시 10그램만 주세요. 참 싱싱하네요!
라틴아메리카 500년 재래시장을
성냥불처럼 시를 그어 대어 단숨에 제압했다고
엘 파이스*라나?
에스파냐어권 제일 큰 신문이 맨 위에다 실었다

---

* 엘 파이스(El Pais): 스페인어권의 뉴욕타임스, 르몽드라 불리는 진보 성
  향의 신문으로 독재자 프랑코의 죽음을 앞두고 창간되었다.

문신이 있는 연인

— 페기 구겐하임에게

괴상한 안경을 낀 눈으로
하루 한 점씩 천재들을 만나고 사들이고
벽마다 광채를 걸고
나체로 지붕에 누워
직사광선 같은 사랑을 나눈 여자

억만장자는 단순해
예술과 섹스는 하나
질식할 만큼 많은 돈과 외로움
저녁 별처럼 나타났다 사라지는 연인들

끝내는 화폭이 아니라
몸에다 문신을 그린
갓 감옥에서 출소한 젊은 사내에게 빠져
그에게 빨간 페라리 사 주며 사랑했지만
그 사내 아우토반에서 어린 여자 태우고
과속으로 사라지자

통곡하며 급속도로 몰락에다 몸을 눕힌

초현실 같은 그녀의 전설

베네치아 미술관 희망 나무 아래 묻힌
세기의 콜렉터 페기에게
기어들어 가는 목소리로 물어보네
다행인지 불행인지 돈도 탕진도 없어
저절로 정숙한 여자가
감히 관능시를 써도 되느냐고

벵갈의 밤*

네거리 신호 앞에 차가 멈추자
아이 업은 여자가 조르르 다가온다
배고픈 아이의 입을 손으로 가리키며
구걸의 언어를 차창 속으로 쏟아 놓는다
자동인형처럼 아이가 싸리버섯 손을
차창 속으로 들이민다
황급히 지갑을 꺼내 10루피를 찾는다
그사이 신호는 바뀌고 차는 출발하고 만다
지갑 속에 수북한 100루피 속에
쉽게 안 보인 10루피 한 장
우욱! 호텔에 돌아와 헤아려 보니
100루피라 해도 3600원이다
밤 깊도록 내가 나를 바늘로 찔러 본다
살은 아프고 피는 따스한가
야박하고 이악스런 절약의 습관을 찔러
내가 살찐 거지임을 확인한다
그 많은 교실에서 배운 수와 셈은
무엇을 위한 것이었을까
앙상한 손, 좁쌀 같은 언어만 쪼다가

말라 버린 우물
별 하나 내려오지 않는 폐허를
벵갈의 긴 밤을
좀벌레가 되어 기어 다닌다

* 미르치아 엘리아데의 소설 제목.

정전 도시

시 낭송을 하려고 무대에 서자
갑자기 정전이 되었어
테레사 수녀의 고향? 분리 독립된
발칸반도 어디였던가
아니, 서울 어디였는지도 몰라
차별과 탄압? 민족인지 종교인지 지역인지
부에나비스타 소셜 클럽을 모르는
아바나 사람들처럼
"바람이 우리를 데려다주리라"라는 시를 쓴
여시인을, 그녀의 시를 몸에 새긴 화가를
세계가 아는 그녀들을 모르는
ㄱ녀 나라 사람들처럼
전등은 자주 여기저기 꺼졌어
세계에서 온 시인들은 정전 속에 서 있었어
나는 남쪽과 북쪽의 정전 속에 서 있었어
터널과 블랙홀 속에서 모두 몸을 떨었지
지구에는 수많은 정전이 있지
시인은 정전 속에 겨우 반짝이는 반딧불
작고 두려운 비상 스위치

아니 어쩌면 진정한 햇살
그래 모르겠어 정말

페로비아의 사내

왜 불러 왜 불러
돌아서서 가는 사람을 왜 왜 왜
멕시코 중부 페로비아 시장에서
투창처럼 귀에 꽂히는 한국 노래
허공에 세운 기둥을 따라
밧줄을 잡고 돌면
오색 웃음 쏟아지는
미친 해골들 사이
고꾸라진 노루처럼 눈알 속에 허공을 담고
떠돌이 물건을 팔고 있는 한국 사내
오랜만의 모국어에 전갈에게 물린 듯
얼어붙은 입술 위로 떨어지는 물방울
홀로 만든 대하소설
기승전결 없이
어느 페이지를 넘겨도 폭우와 막다른 길
왜 불러 왜 불러
돌아서서 가는 사람을 왜 왜 왜
목에 걸려 안 넘어가는
쇳덩이 같은 뜬구름 한 덩이

그가 나의 연인은 아니었지만

불가마 앞에서
잘 구어진 도자기를 꿈꾸듯이
잘 구어진 남자를 설레며 기다린다

그가 나의 연인은 아니었지만
와락 안아야지!
트렁크 가득 자유와 고독을 넣고
아메리카 중부 옥수수 밭 한가운데서 만난
그는 그때 백만 마리의 새를 날리는
유명 작가 중 하나였지
하지만 그가 내 눈에 들어온 것은
취재 나온 한 여기자를 따라
하루아침에 기숙사에서 사라진 날이었지
남은 우리들은 지도를 펴 놓고
그가 간 곳을 다투어 찾아보았지만
확실한 것은 그가 한 여자를 따라갔다는 것뿐!

누군가는 그를 무모하다고 했고
누군가는 미치게 부럽다고도 했을 뿐!

그리고 십수 년 후
칠레 산티아고
여기 호텔 앞에서 그를 기다린다
먼 코리아에서 온 시인이 당신을 기다린다
아, 안 늙었네
그사이 우리는 늙었다기보다
더 큰 키를 가진 작가가 되어야 했지
천도의 불에서 꺼낸 도자기처럼

문학은 죽었을까? 백발을 쓸어 넘기며
만나자마자 그가 물었을 때
대답 대신 나는 잘 구어진 도자기를
이리저리 살피며 웃었지
난 알아, 그때 당신이 따라간 것은
여자가 아니라 아름다운 불
불 속으로 그냥 뛰어든거지
문학이 죽었는지 살았는지 모르지만
지금 여기 우리가 살아 있다는 것!
그리고 오늘도 쓰고 있다는 것!

그것 말고 무엇이 더 중요할까

나는 잘 구어진 사랑 하나를 만져 보았지
흰머리 날리는 현역
이보다 더 뜨거이 살아 있을 수 있을까
술병을 들고 강물에 뛰어든 백수 광부처럼
흰 눈을 쓴 안데스산 아래서
연인보다 더 깊은 혈족을
나는 만났지

공항의 요로나*

그날 벗은 옷
나 다시 입지 않았어요
황금 늑대처럼 출렁이던 달빛 침대
입술 속을 헤엄치던 당신 머리칼
아직 살아 지느러미예요
당신의 숨결로 세공한
귓속의 암각화
아직 고딕체로 살아 있어요

핏빛 술잔 이 포도주
끝내는 깨지고 말겠지만
깨지기 위해 태어난 것이 아니라고
흔들리기 위해 태어난 것이라고
말해 주세요

비행기가 곧 이륙할 시간
따스한 이 살로 언제 다시 만날까요
시간은 맹독을 품어
검은 흙이 우리의 침대가 되겠지요

내 몸은 이미 당신의 뼈와 살로 된 신전
지상에 살아 있는 한
이 신전에는 더 이상
어떤 신(神)도 들어설 곳이 없을 거예요

* La Liorona: 멕시코 전설에 나오는 우는 여인.

과일들의 증언

밤 비행기가 안데스를 넘을 즈음
친절한 스튜어디스가 가져다준 매실
천상의 과일이라
한입에 다 먹지 않고 만지작거리다가
한 알만 먹고 두 알을 품고 지상에 내렸다
천상의 과일은 지상에 닿자마자
죄의 씨앗으로 돌변했다
새벽 검색대가 불법 농산물이라며 압수했다
금수품 불법 소지자! 제복 앞으로 끌려갔다
이때 매실들이 소리를 질렀다
우리가 따라온 거예요!
제복은 놀랍게도 망설임도 없이
과일들의 증언을 그대로 받아 적었다
과일들이 따라왔다
마치 팬 미팅 나온 여배우처럼
나는 제복이 내민 조서에 멋지게 사인을 하고
유유히 공항 밖으로 나왔다
어느 날 시가 내게로 왔다*
천상의 과일과 지상의 죄와 선악과를 넘어

식민지와 내전과 투쟁을 넘어
사랑하는 시인 파블로 네루다의 나라에
나 드디어 당도했다

* 파블로 네루다.

아름다운 직업

아름다운 직업이 있을까요
돈을 벌기 위해서는
하수구에 손을 넣어야 하고
때로 무릎 꿇고 굴욕을
입안으로 욱여넣어야 하니까요

하지만 베네치아 코데카*를 아세요
하늘 아래 가장 아름다운 직업
밤이면 미로를 가는 사람에게
온몸으로 등불이 되어 주는
이태리말로 반딧불
걸어 다니는 가로등이랍니다

오선지 흐르는 물위에
악보처럼 리듬을 타고
곤돌라를 젓는 곤돌리에들
황홀한 슬픔으로 미로에서 반짝거리는
개똥벌레 코데카들로
베네치아는 한 편의 아름다운 교향시

하늘 아래 아름다운 직업이 있는
물의 도시가 있다네요

* 코데가(codega): 반딧불, 개똥벌레. 밤길의 등불을 대신 들어 주는, 베네
  치아에만 있는 직업.

베네치아 카페

물의 도시에 오니
흙이 그리웠다
물의 이빨에 물린 몸에서
진종일 파도 소리만 들려
물 감옥을 빠져나갈 꿈만 꾸었다
물 없는 곳이면 어디든 오아시스
심지어 흙에다 발을 담근 화분 속의 풀도 부러워
작은 거미줄이라도 붙잡고 탈옥하고 싶었다

카페 셀라!* 숲 한가운데 유리 집
베네치아 출렁이는 물이 안 보이는 곳
진종일 거기 앉아 젖은 옷을 말린다
피 흘리는 아들을 안은 피에타처럼
내가 나를 안고
사랑은 갔지만 상처는 곧 아물겠지**
스카…… 스카…… 상처를 말린다
햇살 투명한 셀라에서 하늘 보고 있으면
수탉 같은 사내도
오랜만에 눈 속으로 걸어 들어왔다

* Serra: 이탈리아어로 온실.

** 베니스 비엔날레 한국관, 이용백의 작품.

사랑의 탐사

고비드 히스 시인에게

새들의 산란기를 보러 가요
하얀 깃털을 세우고 서로가 서로의 절정을 쪼는
햇살조차 방해가 되는 고요의 근원을
조금 예의 있게
멀찍이 최신의 망원경으로 보아요

코리아의 비무장 지대에서
100만 명, 110만 명이 죽은 남과 북의 생명을
2만 6천 명의 미군이, 50만 명의 중공군이
산산조각난 그때를 떠올리며
사람의 상상력이 따르지 못하는 숫자에 휘청거린
아메리카의 시인이여
여기는 캘리포니아의 그린힐
서로 하나가 되는 일체성이란 무엇인지
진정으로 성숙한 절정과 절정이 만드는
매혹? 고조된 속삭임이 무엇인지 보러 가요

어줍잖은 영어로 호객하던 아시아의 어린 창녀를
마을의 홍수를 막기 위한 댐 건설로 수몰된 후

길바닥으로 나온 스콜 속의 소녀를 떠올리지 말고
댐 공사의 터번에 새겨진 각국 기업의 이름들과
수력 발전의 은빛 물살 속에 쓸려 들어간
정치 뇌물을 떠올리지 말고

어떤 철학보다 심오하고 어떤 정보보다 숙연한
마법의 밀실을 보러 가요
핵이 아닌, 폭탄이 아닌, 거래가 아닌
끝내 생명으로 깃을 치는 뜨거운 갈망을
신방의 사랑을
최신의 망원경으로 보아요

소금과 설탕

유명 식당에서 점심을 먹는다
문학사에 그 이름 석자를 각인시킬 유명 작품과
존재의 비극을 예리한 언어로 형상화했다는
유명 작가를 떠올리며 메뉴를 살핀다

무슨 상으로 치장된 시시한 시와
그 시인에게 부여한 자자한 명성을 살핀다

유명이란 입맛을 확 당기는
소금과 설탕의 합세
놀라운 과장과 미화

두려움 없이 집어넣은 소금과 설탕이
치명적인 합병증을 불러올
이 시대 부화뇌동의 언어들을 떠올린다

게으르고 무식하여 시류에 휩쓸리어
일시적 성공을 부추긴 꽃다발과 박수와
수많은 정치들을 떠올린다

얼마 못 가 나라의 의료 체계는 흔들리고
가치관의 위험한 축대 아래
눈이 멀었다는 것을
뒤늦게 알아차릴지도 모른다

유명 식당에서
두려움 없이 집어넣은
맛있는 소금과 설탕을 먹는다

차도르 쓴 아침

차도르 쓰고 시 낭송하는
테헤란에 간 여시인을 신문에서 본다
그 집의 전통을 존중해 주는 모습이지만
하필 바로 옆 기사는
여자들은 눈치를 많이 보고
어디 붙어 살아남으려고 하는
쓰레기 같은 면이 있다고 일갈한
돌아간 여변호사*의 회고 기사다
아랍 여성을 지배한 넝마가 이것이냐며
차도르를 벗어 던진 전설의 여기자**도 떠올라
이 아침 도수 높은 안경을 고쳐 쓴다
우호적이고 외교적인 사진이라 생각하는 순간
내 머리에도 차도르가 달라붙는다
검은 콜타르처럼 좀체 안 떨어진다
굴레처럼 걸레처럼
악천후처럼

* 이태영(1914~1998): 한국 최초의 여성 법조인.

** 오리아나 팔라치(Oriana Fallaci, 1929~2006): 이태리의 여성 기자, 작가. 이란의 독재자 호메이니와의 인터뷰(1979년)에서 여성에게 차도르를 왜 입히느냐고 질문하여 마음에 안 들면 입지 말라는 답을 얻어 내고 그 자리에서 차도르를 벗어 찢었다.

독재자

말벌처럼 허리 부러진 페닌슐라!
반도의 아래쪽이 나의 고향이다
독재자들이 철따라 출몰한 땅, 초등학교 때는
수업을 전폐하고 대통령 할아버지라는 글을 쓰기도 했다
탱크를 밀고 나온 군인들이 새로 길을 만들고
선거를 악용하며 버티는 사이
나의 젊음은 최루탄 속에서 시들었다
북쪽에는 더 미친 독재자가 있다고 겁주던
노회한 독재자들 앞에
문학을 했지만 문자옥(文字獄)*이 두려워
무사하게 사는 법부터 터득했다
인간이 무엇인지 알기도 전에
서둘러 결혼 속으로 도망쳤지만
결혼 속에도 독재자는 있어
난해한 모습으로 삶을 애무하며
지배를 통해 행복의 명분을 세워 나갔다
혼자 때리고 혼자 깨어지는
무정란 같은 언어를 들고
비겁하게 침묵을 지키며 가끔 모호한 시를 썼다

속도와 물신 앞에 무릎 꿇지 않으려고 버둥거리며
시간의 검푸른 이끼 속으로 빨려 들어갔다
이윽고 내 안의 늙은 독재자가 나를 덮쳤다

* 지식인의 글을 꼬투리 잡아 탄압하는 것.

졸혼(卒婚)

수료증 하나 없지만 안녕히 가세요
흰 베일 두르고 화관 쓰고 들어간 문
우리라는 우리에서 별 생기듯 아이들이 생겨나
엄마! 아빠! 이런 이름도 만들었지만
졸혼을 선언할 시간이 된 것 같아요
당신도 부상을 입은 듯
날 궂지 않아도 자주 절뚝거렸지요
결혼은 참 오묘하고 어려운 제도
사랑이 기본이지만, 인내, 희생, 허위, 포기……
이런 것도 함께 필요한 넓은 제도이지요
그래서 가끔 이혼(離婚)을, 혹은 해혼(解婚)을
그런 말과 제도의 선용을 떠올려 보지만
비겁한 습관으로, 길들임으로, 게으름으로
무엇보다 아이들을 떠올리며
다시 끌어안곤 했지요
고양이 피하다 호랑이 만날 수도 있어
비겁한 계산으로 온 힘을 다했지만
실상 내 안에는 벌써 과부가 된 땅이 있는 것
굳이 말 안 해도 당신 잘 알 거예요

미쳐야 미친다기에 참고 허우적이다
웅덩이만 커졌고 살림은 늘 후줄근했지요
졸혼을 한다해서 더 행복할 일도 없지만
아침에 먹은 국그릇에 남은 얼룩처럼
그사이 맛도 향기도 식어 습관만으로 무사한
빈 수레를 운명이라 이름할 수는 없어요
전쟁에서 겨우 살아 돌아온 패잔병을 신고
멈추지 않고 달리는 바퀴를
해로(偕老)라고 부르지는 않을 거예요
빛나는 졸업장도 진학할 상급 학교도 없고
다음 정차역은 홀로의 광야
그래도 그동안 수고했어요.
결혼이여! 안녕히 가세요
결혼 날 뛴 가슴처럼 졸혼 날도
가슴이 좀 뛰긴 뜁니다
흰머리 보며 이렇게 졸혼 예행시 한 편 써 둡니다

무명 가수

—밀니시 가쌔 '내토'의 시릴

무명 가수들이 시커먼 거미줄에
햇살 한 줄을 걸어 놓고 있었다
낙태를 두고 연인과 싸운 날의 표정으로
자유를 발로 차고 있었다
그가 가진 것은 기타와 고양이 한 마리
나라고 해서
무엇을 더 가진 것은 아니었다

열쇠 하나를 찾으려고
절망처럼 헤맸지만
사방에 굴러다니는 건
빙판처럼 미끄러운 고독이었다
기승전결도 반전도 없는 가난과
희망을 보여 주지 않는 미래가
포스트모던한 안경을 쓰고
찰랑이고 있었다

불안을 연주하는 무명 가수들 속에
젊고 어설픈 아나키

나는 푸르딩딩 언 손목으로
무모하게 나선 유랑을 즐기고 있었다
날카로운 창으로
자유를 찔렀다

선물 상자

바다 건너 첫사랑이 보내온 선물 상자를
풀고 있을 때
설렘을 되도록 아끼며 천천히 풀고 있을 때

그사이 선물은 커지고 커져
보석 궁전!
나는 그 궁전에 사는 공주다
남은 생이여, 두근두근으로
이 궁전을 가득 채워도 좋으리
곧 다시 백마가 오고 백만장자가 오고
누추한 적군들 모조리 무너뜨리면
공주의 입술은 장미! 아침 이슬 깨어나는
마술 상자 속의 눈부심을 아시는지!

그런데 그때 마침 등 뒤에서
날카로운 가위가 나타나
싹둑! 하늘 아래 판도라 상자를 개봉해 버린다
보석 궁전은 순간에 사라지고
으스스 삭풍이다

결혼식 후 수십 년을 함께 산 사람의 소행이
이래도 되는 것인가
반복할 수 없는 나의 첫사랑을
멋대로 열어 버린 무지한 가위의 친절을
뭐라 이름하는지? 제발 좀 가르쳐 달라

단단히 포장된 우편물을 끙끙대며 열고 있는
나를 돕는다며 나를 깨뜨려 버린
미세한 틈새와 틈새, 거기에서
고독은 해초처럼 미끄럽게 자라는 것인지!

옥수수 패밀리

세계에서 온 작가들과 금강산 가는 길
고속도로에서 옥수수 하나 사서
나와 반으로 나눠 먹은 시인!
갈라진 남북을 떠올리며
옥수수를 다시 맞대어
처음의 하나를 꿈꾸어 보며
서로를 옥수수 패밀리라 불렀던 월레 소잉카*

오늘 그가 미국 영주권 찢어 버리고
고향 아프리카로 돌아간다는 외신을 보며
금강산 길 떠올린다

인종차별 발언을 한 인간이 대통령이 되면
미국을 떠나겠다는 약속을 지키는 거라며
미국 대통령 취임식 날
고향으로 돌아가는 그의 짐 속에

그날의 기억 알알이 넣었겠지
옥수수 패밀리의 눈빛도 깊이 넣었겠지

저녁 메뉴

오늘 저녁엔 우울을 한 움큼 집어다가
시를 쓸까
국을 끓일까

안개처럼 자욱한 우울을
뜨겁게 끓여 마시면
개 짖는 소리 사라질까

모호한 미사여구
그 사이를 오래 헤매다 보면
시야는 더욱 흐려져서
수식어 형용사 다 지워도
본색은 드러나지 않아
날카로운 언어로 꾹꾹 찔러도
뼈는 좀체 드러나지 않아

오늘 저녁 우울은 텅 빈 무대에 부는 바람
짐짓 낭만의 착각을 주지만
정체 모를 함량 미달의 멀미가 되어

결국 내가 나를 마시는
위험한 상습 안개 지역이지

오늘 저녁 메뉴는 무엇으로 할까
검고 쓴 빵이나 뜯을까
나는 언제 글을 쓸까

젖은 옷들의 축제

하나의 줄에 목을 매달고
젖은 옷들이 목청 좋은 뻐꾹새처럼 펄럭인다
굴욕으로 휘인 등어리
현기증 나는 욕망으로 구겨진 팔이
다시 빛으로 일어서고 있다

누가 저리도 환한 기적을 생각해 냈을까
고달픈 허물을 물에 헹구어
허공에다 잠시 이 악물듯 물려 놓으면
타악기로 가벼이 두드리듯
상처들이 사라지는
햇살과 바람과 공모하는 경쾌한 안무(按舞)

사람의 허물도 시원하게 벗어
한 번씩 빨아 입을 수는 없을까

고대로부터 내려온 긴 줄에 목을 매달고
태양 아래 두 팔 벌린 벌거벗은 시간의 축제!
못생기고 보잘것없는

무명(無明)인

이 사람 손이 만든 것인가

왕의 역할을 잘하는 배우

왕의 역할을 잘하는 배우가
부도 내고 노숙자로 떠돌 때
헌 신문지 한 장 가진 사람도
남을 도울 수 있다는 것을 배웠다는 얘기는
그의 연기보다 더 시큰하다

채권자에게 쫓기며 빌딩 숲 사이
맨바닥에 누워 잘 때
곁에서 자던 노숙자가
덮고 있던 신문지를 반으로 찢어 주어
그것으로 밤새 추위를 덮고
절망을 덮고
아침에 온기로 눈을 뜨자 그대로 일어서서
무대로 돌아갔다는 얘기는
기교 넘친 드라마보다 더 시큰하다

헌 신문지 반 장이
한 사람을 한 절망을 일으켜 세운
그날 아침 얘기는
시시한 시보다 더 시큰하다

자백

여기 범인 있어요
어서 잡아가세요
술 취해 잠자는 남편의 성기를 자른 후
경찰에 신고한 그녀는
순순히 따라나섰다
왜 그런 짓을?
나는 남편의 성기를 자르지 않았어요
내가 자른 것은 치욕과 학대와 모멸입니다
태어날 때 우연히 달고 나온 것 하나로
그가 행사한 폭력과 야만
내가 자른 것은 그의 짐승입니다

나는 사람과 결혼했는데
그는 사람이 아니었어요
나는 절망과 공포의 노예였습니다
나는 분노한 폐륜녀, 엽기적인 악녀가 아니예요
나는 나의 무지를 자르고
처음으로 사람이 되고 싶었습니다

애인

김수임*

남자가 법정에 묶여 나왔다
이 여자가 당신의 무엇이오?
애인입니다!
공적으로 이 말을 쓴 남자는
이 나라에서 그가 최초일 것이다

애인? 아무 장치도 바람도 없는
위험한 꽃 같이
부도덕하고 위험해서
어쩐지 더욱 아름다운

애인? 딸도 누이도 아내도 어머니도 아닌
땅 위의 족보에는 도무지 없는
황홀하지만 황량한 이름

소나기보다 흔해 빠진 한 줄기 사랑
별보다 더 높은 것 같지만
실은 아무 권리 없는 이름을
선물 받은 그 여자는

한강변 돌자갈 위에서
쇠사슬을 끌고
여간첩의 이름으로
총살형을 받았다

서구 언론이 동양의 마타하리라 하지만
그녀는 하늘 아래
사랑을 몸으로 실천하여
완성을 이룬 여자
그것 말고 더 큰 명예가 없다는 듯이
기꺼이 사라진
애인이라는 이름의 여자

* 김수임(1911~1950): 이화전문을 나온 여성으로 한국전쟁 직전 해방
  공간에서 간첩이라는 죄목으로 총살형을 당함.

낚싯줄

저게 뭐지? 골목에 떨어진 지폐를
반사적으로 줍는다
포로롱! 허공으로 날아오르는 신사임당

이층에서 악동들이 낚싯줄을 당기며
까르르 숨는다

당했구나! 낚싯줄을 물고 파득이는 물고기처럼
나는 발가벗고 길 한가운데 섰다
내 안의 비천과 거지가
낚싯바늘에 걸려 버둥거린다
공것을 덥석 문 뻔뻔함이
하늘 아래 드러나고 말았다
조롱의 미끼에 걸린 목구멍이
내내 얼얼하다

좀 더! 좀 더! 세게 당겨 다오
돌연히 머리 위에 떠 있는 악동을 향해
따가운 목구멍으로 악을 쓴다
바늘을 문 채 강물 속을 허우적이는

인파 속에 유유히 파묻힌다
노예선 같은 지하철에 몸을 던진다

공항 가는 길

검푸른 수염에 터번 쓴 택시 운전수에게
공항으로 가자고 말한 후
창밖 아열대 몬순을 바라보았다
고향에 돌아가면 은자(隱者)가 되리라
여독으로 입술이 많이 얇아진 것 같다
도심을 질주하는 소 떼를 피해
택시는 달리다가
갑자기 붉은 성 앞에 바퀴를 세운다
"당신은 지금 한 성자가 태어난 시간에
아름다운 저 지평선을 보고 있소
이젠 더 이상 지상에서는 헤맬 곳이 없소"
운전수는 스스로 감격한 듯
한참이나 먼 곳을 바라보더니
순간에 어디론가 사라지고 없다
시인이 우글거리는 땅이다
보석 속에서 무덤이 떠오른 무굴제국에
나는 다시 갇힌 것인가
타고 남은 인골(人骨)속에서
무상을 고르듯

나는 맨손으로 다시 무엇을 골라야 할까
이생에서 못 가면
내생에 돌아갈 수 있겠지
비행기가 멀리 사라지는 것이 보였다

딸아

따라* 따라 내 딸아
눈물에서 태어난 보석아

—

지난해 서울을 떠난 갈색 머리 제인은
연극을 하고, 영어를 가르치던 이방의 딸
초여름 한밤, 성폭행 당한 뒤
크리넥스에 증거를 닦아 들고
파출소로 뛰어간 여자
파출소에서 증거물 기계적으로 접수하는 사이
속으로 "옷차림이 야했던 거 아냐?"
"너도 좋았으면서 뭘" 하는 표정으로
골치 아픈 일 생겼다는 듯이
영어 서툰 척 시간을 끌자
증거물 그대로 쓰레기통에 던지고
다음날로 서울을 떠나 버린 여자
서울의 쓰레기통에는
피와 눈물을 닦아 남몰래 버린

따라들의 비명이 아직도 들려

─

따라 따라 내 딸아
눈물에서 태어난 보석아

* 따라(Tara, 多羅觀音): 범어(梵語). 우리말 '딸'의 어원.

곡시(哭詩)

텐닐 김명순*을 위한 진혼가

한 여자를 죽이는 일은 간단했다.

유학 중 도쿄에서 고국의 선배를 만나 데이트 중에

짐승으로 돌변한 남자가

강제로 성폭행을 한 그날 이후

여자의 모든 것은 끝이 났다.

출생부터 더러운 피를 가진 여자! 처녀 아닌 탕녀!

처절한 낙인이 찍혀 내팽개쳐졌다.

자신을 깨워, 큰 꿈을 이루려고 떠난 낯선 땅

내 나라를 식민지로 강점한 타국에서

그녀는 그때 열아홉 살이었다.

뭇 남자들이 다투어 그녀를 냉소하고 조롱했다.

그것도 부족하여 근대문학의 선봉으로

새 문예지의 출자자로 기생집을 드나들며

술과 오입의 물주였던 당대의 스타 김동인은

그녀를 모델로 '문장'지에

소설 「김연실전」을 연재했다.

그녀에게 돌이킬 수 없는 사회적 성폭력,

비열한 제2의 확인사살이었다.

이성의 눈을 감은 채, 사내라는 우월감으로

근대 식민지 문단의 남류(男流)들은 죄의식 없이
한 여성을 능멸하고 따돌렸다.
창조, 개벽, 매일신보, 문장, 별건곤, 삼천리, 신여성,
신태양, 폐허, 조광**의 필진으로
잔인한 펜을 휘둘러 지면을 채웠다.
염상섭도, 나카니시 이노스케라는 일본 작가도 합세했다.
그리고 해방이 되자 그들은 책마다 교과서마다
선구와 개척의 자리를 선점했다.
인간의 시선은커녕 편협의 눈 하나 교정하지 못한 채
평론가 팔봉 김기진이 되었고
교과서 편수관, 목사 소설가 늘봄 전영택이 되었고
어린이 인권을 앞세운 색동회의 소파 방정환이 되었다.
김동인은 가장 큰 활자로 문학사 한가운데 앉았다.
처음 그녀를 불러내어 데이트 강간을 한
일본 육군 소위 이응준은
애국지사의 딸과 결혼하여 친일의 흔적까지 무마하고
대한민국 국방 경비대 창설로, 초대 육군 참모총장으로
훈장과 함께 지금 국립묘지에 안장되어 있다.
탄실 김명순은 피투성이 알몸으로 사라졌다.

한국 여성 최초의 소설가, 처음으로 시집을 낸 여성 시인,
평론가, 기자, 5개 국어를 구사한 번역가는

일본 뒷골목에서 매를 맞으며 땅콩과 치약을 팔아 연명
하다

해방된 조국을 멀리 두고 정신병원에서 홀로 죽었다.

소설 25편, 시 111편, 수필 20편, 희곡, 평론 170여 편에

보들레르, 에드거 앨런 포를 처음 이 땅에 번역 소개한

그녀는 처참히 발가벗겨진 몸으로 매장되었다.

꿈 많고 재능 많은 그녀의 육체는 성폭행으로

그녀의 작품은 편견과 모욕의 스캔들로 유폐되었다.

이제, 이 땅이 모진 식민지를 벗어난 지도 70여 년

아직도 어자라는 식민지에는

비명과 피눈물 멈추지 않는다.

조선아, 이 사나운 곳아, 이담에 나 같은 사람이 나더라도
할 수만 있는 데로 또 학대해 보아라.

피로 절규한 그녀의 유언은 오늘도 뉴스에서 튀어나온다.

탄실 김명순! 그녀 떠난 지 얼마인가.

이 땅아! 짐승의 폭력, 미개한 편견과 관습 여전한

이 부끄럽고 사나운 땅아!

* 김명순(1896~1951(?)): 호 탄실. 1917년 춘원 이광수에 의해 등단한 소설가. 많은 작품을 썼지만 일본 유학 중 열아홉 살에 고향 선배로부터 데이트 강간을 당한 후 조롱과 따돌림에 시달리고, 역시 고향 선배인 김동인의 소설 「김연실전」의 실제 인물로 알려져 문단에서 유폐된 한국 여성 최초의 작가.

** 김명순을 소재로 냉소와 멸시의 글이 실린 잡지들.

내가 가장 예뻤을 때*

사내들은 거수경례밖에 모르고
내 나라는 전쟁에 졌다며
당신이 패전 도시에서 재즈를 흐느끼고 있을 때
나는 식민지가 남긴 폐허에서
빈 밥그릇 속의 궁핍을 살았지
숱한 피를 흘리고도
전쟁이 잠복된 반 토막의 반도
처녀 애들은 동상 걸린 손으로 공장으로 갔고
젊은 사내들은 같은 모국어를 쓰는 적에게
총구를 겨누려고 철책 끝으로 갔지
서투른 이데올로기를 목에 걸고
베트남 정글로 갔지
내가 가장 예뻤을 때
입술이 종아리가 얼마나 예쁜 줄도 몰랐지
늘 가시만 무성한 엉겅퀴였지
거리에는 백수들이 조악한 낭만주의로
호시탐탐 시대를 노리고
전쟁터에서 의수를 달고 돌아온 사내들은
하늘 향해 비명처럼 고함을 내지르곤 했지

통기타에 구제품 청바지를 입고
오줌같이 쓴 생맥주를 외상으로 마시고
젊음을 토악질했지
무능과 부패가 흐물거리는 거리에서
어린 구두닦이들이 색시를 알선했지
불의와 폭력에 대한 증오로 목 터지게
자유와 정의를 외치며 돌을 던졌지
최루탄 속에 눈물을 흘리다가
미니스커트를 입고 쫓기다가
무지한 전통이 혀를 날름거리고 있는
두려운 결혼 속으로 멋모르고 뛰어들었지
전쟁보다 정교하게 여성을 파괴시킨다는
결혼 외에는 어디에도 갈 데가 없었지
내가 가장 예뻤을 때

* 이바라기 노리코(1926~2006): 오사카 출신의 일본을 대표하는 여성
  시인.

그러던 어느 날

항상 여기서부터 시작 된다
불에 타지 않는 가시나무가 있다는 것을
나는 보았다
나는 그것을 나의 십자가로 만들어
등에다 지는 대신
슬프고 아름다운 가시나무가 되기로 했다
나는 푸른 소리로 흔들렸다
어떻게 물을지 몰라
가장 맑게
가장 짧은 노래로
어버버 어버버
나는 시를 쓰기 시작했다
그러던 어느 날!

도래한 폐허

박혜진(문학평론가)

1 단 하나의 레퀴엠

아아, 이럴 수가!
그 구역질 나고 교활한 사내에게
종으로 배정되다니, 그 정의의 적에게
사람을 무는 무법의 짐승에게!
그자는 무엇이든 두 갈래 난 혀로 이쪽에서
저쪽으로, 그리고 다시 이쪽으로 돌리며
사랑을 증오로 바꿔 놓지 않던가!
아아, 트로이아 여인들이여, 나를 위해 비탄하시오!"*

"구역질 나고 교활한 사내"는 우리가 아는 그 영웅, 오디

세우스가 맞다. 이제 곧 오디세우스의 노예가 되어 예속의 멍에를 뒤집어쓴 채 모멸과 수치를 선녀야 할 여인은 패전국의 왕비 헤케베를 가리킨다. 역사가 트로이를 함락시킨 영웅 오디세우스를 찬양할 때 에우리피데스는 『트로이아 여인들』을 써서 승리의 가면을 벗기고 영웅의 얼굴에 침을 뱉었다. 참전한 적 없는 전쟁에서 패배한 죄로 한낱 장난에 다름 아닌 제비뽑기에 운명을 내맡겨야 했던 트로이아 여성들의 비탄을 문학의 역사는 기억하고 있는 것이다. 이들에게 죽음은 부당한 죽음이다. 이들에게 억압은 부당한 억압이다. 싸운 적도 없이 이미 패배한 여성들에게 강요된 오욕의 시간이 어떻게 울음의 역사가 아닐 수 있을까. 그러므로 우리는 이렇게 말할 수밖에 없다. 태초에 울음이 있었다. 울음은 여성들이 가진 첫 번째 언어다.

비명과 독백, 이른바 울음의 언어로 곡시의 계보학을 발원한 문정희의 시에 접근하기 위해 우리는 기꺼이 에우리피데스가 만든 반영웅 반전쟁, 이른비 반전(反戰)의 최초까지 올라가지 않으면 안 된다. 50여 년에 가까운 문정희의 시력(詩曆) 또한 최초의 그것, 비명과 독백으로 쓴 저항의 역사이기 때문이다. 그리스 시대의 신화적 비극과 오늘날 이 땅의 비극은 문정희 시에 숨어 있는 한 장의 전복적

* 에우리피데스, 천병희 옮김, 「트로이아 여인들」, 『에우리피데스 비극 전집 1』, 501쪽.

이미지만으로도 시차 없이 단숨에 연결된다. 뒤집히고 구부러진 이미지는 두 세계를 하나로 연결하는 통로가 된다. 트로이 왕의 부인 헤케베는 짚단으로 만든 신발을 신고 맨땅 위를 걸어가며 읊조린다. "왕의 침상에 누웠던 몸이 맨땅에 굽은 등을 대고 눕게 되겠지." 춥고 굽은 헤케베의 등은 문정희의 시에서 뒤집히고 굽은 풍뎅이의 이미지로 연결된다. 이번 시집의 프롤로그와도 같은 「늙은 코미디언」은 바닥에 뒤집혀 버둥거리는 풍뎅이의 굽은 등을 가만히 들여다본다.

> 살기 위해 버둥거리는
>
> 어두운 맨땅을 보았다
>
> 그것이 고독이라든가 슬픔이라든가
>
> 그런 미흡한 말로 표현된다는 것을 알았을 때
>
> 나는 그 맨땅에다 시 같은 것을 쓰기 시작했다
>
> 늙은 코미디언처럼
>
> 거꾸로 뒤집혀 버둥거리는
>
> 풍뎅이처럼
>
> —「늙은 코미디언」에서

이 전복의 이 자세는 낯익다. 어떤 이들에게 뒤집힘은 삶의 조건이다. 뒤집힌 세상만이 주어지고 구부러진 삶만을 강요받은 사람들에게 뒤집힘은 그제서야 바로잡힌 세상의 모습이다. 세계가 불의에 가득 찼나면 폐허는 노래해야 마땅하다. 도래한 폐허 위에서야 비로소 피해자들의 정의는 망국의 여인들이 연기와 폐허 속에서 만들어 낸 눈물의 메아리처럼 울려 퍼질 수 있다. 남성 중심의 폭력적 문단이 작가 김명순에게 가한 폭력과 그 폐허 위에서 쌓아 올린 착종된 한국 문학의 계보에 깃든 허상을 폭로한 「곡시」 같은 메아리. 간첩으로 사형당한 김수임을 그저 사적 개인인 '여성'으로 치부함으로써 그의 문제적이고 입체적인 존재를 일거에 무화시킨 폭력성을 적발하는 「애인」 같은 메아리.

문정희의 울음은 "여자라는 식민지"에서 적법한 자리를 가져 보지 못한 채 지워지고 사라진 여성들을 부르는 초혼의 발성에 근거한다. 시인이 그들의 이름을 부를 때 돌아오는 것은 비단 김명순이나 김수임만이 아니다. 그때 돌아오는 것은 이름 없는 고통 속에서 울음을 삼키는 현재의 김명순과 김수임이다. 과거에서 부르자 현재가 응답한다. 현재의 응답은 과거를 다시 쓰고, 다시 쓴 과거는 우리의 미래가 된다. 손나팔에 의존하는 작은 외침처럼 보였던 "비명과 독백"의 언어가 각자의 방향으로 쏟아져 올릴 때 그것은 무차별적 메아리가 되어 "무법의 짐승"과 "정의의 적들"을 향하는 거대한 무기가 된다. 전쟁에 반대했던 트로이아 여성들이 영웅의 허상을 까발리는 정의의 주체가 되었던 것처럼 우리는 지금 문정희를 읽으며 인류사의 가장 은밀하고 오래된 폭력의 실체가 폭로되는 현장에 동참한다. 문정희의 곡시는 여성들의 굴절된 역사에 바치는 유일무이의 레퀴엠이다.

2 줄(丢)의 시학

문정희는 문자 그대로의 의미에서 코즈모폴리턴, 세계성의 시인이다. 일찍이 한국 문학이 가져 본 적 없는 세계성이라는 가능성은 문정희의 시에 이르러 실물을 지닌 현실이 되었다. 그 세계성을 입증하기 위해 외국어로 번역된 그의 작품을 일일이 열거하거나 언어의 경계를 넘어서는 그의 시가 지닌 보편성을 이야기할 수도 있을 것이나, 지금 우리가 막 읽기를 마친 시집 『작가의 사랑』에 녹아 있는 이국의 향취가 발생하는 순간을 되새기는 것에서부터 시작해 볼 수도 있겠다. 가장 먼저 떠오르는 장면은 "아르헨티나 재래시장 한가운데 서서/ 메가폰을 들고 시낭송을" 하는 시인이다. "멕시코 중부 페로비아 시장에서/ 투창처럼 귀에 꽂히는 한국 노래"를 듣는 시인도 있었다. "세계에서 온 작가들과 금강산 가는 길" "옥수수 나눠 먹었던 월레 소잉카"의 소식을 뉴스에서 접하는 시인도 지금 막 읽은 듯 생생하다. 문정희의 시는 "밤 비행기가 안데스를 넘을 즈음"에, "비행기가 곧 이륙할 시간"에, 그러니까 경계 없는 곳, 중력으로부터 사상 벌어진 시간, 문자 그대로 '세계' 곳곳에서 태어난다.

하지만 문정희의 시에 깃든 세계성의 진면목은 그의 시가 아주 적은 표면적 위에 서 있다는 사실에서 비롯된다. 시집에 반복되는 줄(絃)의 형식은 문정희 시의 독창적 공간이자 생존과 투쟁을 위한 최소의 공간이다. 줄 위에는 내가 살던 곳의 주소를 옮겨 둘 수 없다. 일체의 복수가 허락되지 않는 외로 된 장소. 예를 들면 거미줄, 거미줄로 만들어진 집이 있다고 하자. 「나는 거미줄을 쓰네」에서 시인은 "시를 묻는 젊은이에게" "산다는 것은/ 시를 쓴다는 것은/ 거미줄을 타고 허공을 오르는 것"이라는 답변을 내놓고 답변이 끝나자마자 돌아서서 시 쓰기를 계속한다. 허공을 오르는 것은 모순된 행동이다. 허공이란 올라서서 도착할 곳도, 잘못 디뎌 추락할 곳도 없는 무의 공간이다. 무에 대고 거미는 거미줄을 친다. 보호막인 동시에 사냥의 수난, 아름다운 건축인 동시에 혐오스러운 본능. 그리고 허공에 지어진 거미집은 공기 중에 굳어 소멸하고 만다. 이것은 그저 허무하고 공허한 세계일 뿐일까. 줄에 빗대어 시 쓰기를 형상화한 작품이 한 편 더 있다.

「줄광대」는 거미줄의 방사형 그물망 구조에 비하면 훨씬 단순한 구조의 줄이다. "그녀가 외줄 위에 서서 시를 읊는다" "아슬아슬 그녀의 외줄이 눈부셨지/ 추락이 예비되어 있지만/ 땅을 내려다보지 않는/ 그녀의 곡마단 시에 귀를 기울였지"주어진 대지라고는 가느다란 선이 전부인 줄 위는 삶과 죽음이 공존하는 공간이다. 한 치 앞도 당연하게 내딛을 수 없는 이 좁다란 공간에서의 외줄 타기는 불안과 공포가 지배하는 여성의 삶에 대한 비유인바, 우리는 줄광대가 부르는 이 생사의 긴장감을 문정희가 타는 외줄의 시학이라 불러도 좋겠다. 그러나 줄은 불안과 공포의 최소 공간만이 아니라 위로와 극복의 공간이기도 하다. 이를테면 빨랫줄은 일상에서 발견된 가장 시적인 움직임이다. 「젖은 옷들의 축제」에서 오래된 시간과 고통을 벗겨 낸 뒤 한 가닥 줄에 걸려 바람에 나부끼는 것은 빨래가 아니다. 나부끼며 마르는 것은 고단과 절망이다.

하나의 줄에 목을 매달고
젖은 옷들이 목청 좋은 뻐꾹새처럼 펄럭인다
굴욕으로 휘인 등어리
현기증 나는 욕망으로 구겨진 팔이
다시 빛으로 일어서고 있다

(중략)

고대로부터 내려온 긴 줄에 목을 매달고
태양 아래 두 팔 벌린 벌거벗은 시간의 축제!

못생기고 보잘것없는

무명(無明)인

이 사람 손이 만든 것인가

—「젖은 옷들의 축제」에서

　인간은 모두 줄을 잡고 태어난다. 탯줄이 끊어지는 순간 인간은 모체와 독립된 개체로서의 삶을 시작한다. 그 순간, 그러니까 탯줄이 끊어지고 누군가의 독립된 시계가 움직이기 시작한 순간, 역설적으로 그때까지 태아를 품고 있던 모체에게는 하나의 인생으로 사는 시간이 막을 내리고 두 개, 세 개 복수의 인생이 시작된다. 때로는 억압과 속박의 형태로, 마치 "낚싯바늘에 걸려 버둥거"(「낚싯줄」)리는 형상으로 찾아오는 두 개, 세 개의 삶은 여성들에게 주어지는 근원적 삶의 조건이다. 그러므로 줄에 매달려 펄럭이는 옷들의 움직임은 그러한 조건에서 최대한 멀어지려는 자유의 움직임이다. 이때 면적은 좁이야만 한다. 가느다란 선 위에 걸려 있어야 바람이 부는 대로 흔들리면서 젖은 옷은 빠르게 마를 것이기 때문이다. 공기 중에 흔들리는 빨래들. 공기 중에 굳는 거미줄. 자유롭게 나부끼고 깨끗하게 사라지는 줄의 이미지는 여성적 삶의 질곡을 표현하는 인류의 언어이자 문정희만의 미학이다.

3 나쁜 여자의 사랑

줄이 문정희의 시적 형식이라면 사랑은 문정희의 시적 주제다. 독립적이고 선택적이며 단독자로서의 사랑을 꿈꾸는 시들은 사랑의 정열을 통해 비극의 반전을 꾀하는데, 가령 「공항의 요로나」는 탐미적 사랑에의 의지를 발현하는 '나쁜 여자' 요로나를 통해 억압된 사랑의 형체를 드러낸다. 문정희의 시적 페르소나라 불러도 손색없을 강렬하고 불온한 존재 요로나는 한 스페인 정복자 남자를 사랑한 원주민 여성이다. 둘의 사랑이 깊어져 요로나는 남자에게 결혼을 요구했지만 남자는 결혼을 미루기만 하고, 남자가 결혼을 기피하는 이유가 자신의 세 아이들 때문이라고 생각한 요로나는 자기 자식들을 모두 익사시킨다. 하지만 남자는 결국 스페인 상류 사회의 여인에게 떠나 버리고 버림받은 데 대한 절망과 자신이 죽인 자식들에 대한 자책감으로 인해 요로나는 호수에 몸을 던져 자결한다. 그 후 한 여인의 원혼이 밤만 되면 자기 자식들을 찾아 헤매며 호수 주변을 떠돈다는 전설, 혹은 괴담.

사랑 때문에 자식까지 버렸지만 사랑조차 얻지 못한 요로나는 모든 것을 잃었기 때문에 시인의 페르소나가 될 만하다. 하나를 버린 대가로 다른 하나를 얻을 수 있다면 그것은 사랑이 아닐 것이다. 사랑은 교환되지 않는다. 선택하고 추구할 수 있을 뿐인 불가역적 불행. 사랑은 복원되지도

않는다. 「공항의 요로나」는 '남녀의 사랑 — 이별로 인한 고
득   죽음에 내한 메인—죽을 때까시 먼지 않을 사랑에
대한 맹세'로 이어지는, 사랑을 향한 꺾이지 않는 욕망의
전개로 끝내 마녀가 되어 버린 한 여성의 선택을 뒤쫓는다.
시인은 마치 탐미적 사랑을 선택하는 불온한 주체를 통해
나락으로 떨어질지 모르는 미지의 허공으로 자신을 밀어
넣을 수 있는지 묻고 있는 것 같다. 남은 것마저 다 써 버릴
수 있는가. 요로나의 선택을 통해 시인은 사랑의 성격이 '탕
진'이라고 말한다. 사랑은 탕진의 다른 말이다.

「문신이 있는 여인」은 구겐하임의 사랑에 대해 쓴 시다.
미국 현대 미술의 상징과도 같은 존재인 잭슨 폴락을 발굴
한 세계적인 아트 컬렉터 구겐하임은 평생에 걸친 남성 편
력의 역사와 함께 기억된다. 호사가들에게 스캔들로 남아
있는 구겐하임의 사랑은, 그러나 사랑은 정착하지 않을 수
있고 정착하지 않는 것이 사랑이라는 것을 보여 주는 일탈
적 기호다. 새로움을 발견하는 아트 컬렉터로서 일과 새로
운 자극을 향해 열려 있는 구겐하임의 사랑은 어느 구간쯤
에서 일상과 예술의 경계를 허문다. 경계가 허물어진 자리
에서 예술과 사랑이 뒤섞인다. 선도 없고 악도 없고 다만
의지가 드러나는 장소일 뿐인 사랑, 감각은 이성을 초월한
다. "초현실 같은 그녀의 전설"을 통해 우리는 사랑의 속도
가 과속임을 가늠할 수 있다. 사랑은 지키지 않는다. 사랑
은 위반의 다른 말이다.

4 비망록

이토록 탕진되고 이토록 불온한 시집의 제목이 '시인의 사랑'이 아니라 '작가의 사랑'이라는 사실은 수수께끼 같다. 그러나 '작가'야말로 '시인' 문정희를 담을 수 있는 유일한 범주라는 사실이 앞선 의문을 무색하게 한다. 시인은 시에 앞설 수 없고 소설가는 소설에 앞설 수 없지만 작가는 작품에 앞선다. 작가는 '무엇'을 쓰는 사람이 아니고 그저 '쓰는' 사람이기 때문이다. 때로는 저 스스로 작품이 되기도 하며 작가는 작품 없는 곳에서 열망의 대상이 될 수도 있다. 이 시집에는 실존 작가들이 그들의 모습으로 등장해 작품을 이루는 경우가 적지 않다.

　　살아 있는 것은 매독조차 아름답다고
　　노래한 안나들을 만났다
　　아비뇽도서관에서 밤 깊도록
　　멋쟁이 아줌마 지성들과
　　기억의 달 속을 함께 거닐었다
　　시인이며 백작 부인
　　안나 드와이유는
　　불과 얼마 전의 여인
　　첫 번째 공쿠르상 수상자가 되었지만
　　여자라는 이유로

다른 사람이 수상자로 호명되었을 때

즉시 페미나 상을 만들고

심사위원 전원을 여성으로 구성했지

—「살아 있는 것은」에서

페미나상을 만들고 심사위원 전원을 여성으로 구성한 프랑스 여성 시인 안나 드 노아이유라든가 "남근에는 이름도 개성도 없다고 외치던" 캐나다 출생의 일본계 여성 시인 시르이시 가즈코라 같은 이름을 부르는 소리에 다시 또 김명순이나 김수임 같은 이름들이 메아리처럼 되돌아온다. 끝나지 않는 돌림노래처럼 불러도 불러도 불러야 할 이름은 줄어들지 않고 오히려 부르면 부를수록 더 많은 안나들이 이 시집에서 드러나고 밝혀진다. 부당한 이유로 이름을 빼앗긴 여성 작가들이 곳곳에 자리 잡고 있는 이 시집은 더할 수 없이 소중한 차별과 저항의 비망록이다. 세계의 모든 글 쓰는 여성들을 위한 전초지다.

표제작이기도 한 「작가의 사랑」은 '작가의 사랑'에 대한 의미를 하나 더한다. 시에는 사랑의 의미를 찾아가는 세계 각국의 작가들이 등장한다. 사랑에 대해 이야기하자 누군가는 아우슈비츠를 잊지 말아야 한다고 말하고 누군가는 인간을 더 깊이 써야 한다고 말하지만 '나'는 대뜸 팬티를 벗어야 한다고 말한다. 팬티를 벗는다는 것은 보이지 않는 변화를 감행해야 한다는 뜻이다. 관습의 허울인 겹겹의 팬티를 벗고 나면 끝내 '시'에서마저 자유로운 한 사람의 예술가, 독립된 존재로서의 작가가 된다. 이것은 시와 시인의 합일 상태를 말하기도 한다.

시인의 궁극은 시가 되는 것이다. 문정희는 시를 쓰지 않는다. 그녀는 시를 산다. 가부장적 역사의 바퀴 아래 깔리지 않기 위해 시를 올라타고 그 위에서 결단코 내려오지 않은 도발과 저항의 역사가 문정희고 문정희의 시다. 그러니 우리는 『작가의 사랑』을 한 권의 시집이라고만 부를 수는 없다. 이것은 한국의 여성이 시인으로, 나아가 세계의 시인으로 거듭나는 과정에 대한 존재론이자 한국 문학이 소거했던 수많은 여성의 노래를 상기하는 생명의 복원집이다. "웃음과 눈물 사이" "화살과 과녁 사이" "천사와 짐승 사이" "모래와 모래 사이"…… 말하지 않아서 인식되지 못했던 무수한 삶의 간극들이 시인의 호명과 함께 그 모습을 드러내고 있다. 이름을 부른다는 것. 시인이 반세기 동안 쉬지 않고 해 온 그것. "항상 여기서부터 시작된다".

시쓴이   문정희

전남 보성에서 나서 서울에서 성장했다. 1969년《월간문학》신인상
으로 등단했으며『오라, 거짓 사랑아』『양귀비꽃 머리에 꽂고』『나
는 문이다』『다산의 처녀』『카르마의 바다』『웅』등의 시집 다수와
시선집『지금 장미를 따라』외 장시집, 에세이집이 있다. 현대문학
상, 소월시문학상, 정지용문학상, 육사시문학상, 목월문학상과 대한
민국 문화예술상을 수상했으며 스웨덴 하뤼 마르틴손 재단이 수여
하는 시카다(Cikada)상을 수상했다. 고려대학교 문예창작과 교수를
역임하고, 현재 동국대학교 석좌교수로 재직 중이다.

작가의 사랑

1판 1쇄 펴냄 2018년 3월 23일
1판 3쇄 펴냄 2018년 11월 26일

지은이 문정희
발행인 박근섭, 박상준
펴낸곳 (주)민음사

출판등록 1966. 5.19. (제16-490호)
서울특별시 강남구 도산대로1길 62(신사동)
강남출판문화센터 5층 (06027)
대표전화 515-2000 / 팩시밀리 515-2007
www.minumsa.com

ISBN 978-89-374-0865-6 04810
    978-89-374-0802-1 (세트)

민음의 시

민음의 시
목록